普通高等教育新闻传播学类国家级一流专业建设精品教材　学生实践创新卷

丛书主编　张明新　金凌志　　　　分卷主编　金凌志　李彬彬　鲍立泉

青马思鸣

卓越人才成长札记·诗歌篇

QINGMA SIMING

李　鼎◎著

华中科技大学出版社
http://press.hust.edu.cn
中国·武汉

图书在版编目(CIP)数据

青马思鸣:卓越人才成长札记:诗歌篇/李鼎著.—武汉:华中科技大学出版社,2023.2
ISBN 978-7-5680-8192-4

Ⅰ.①青… Ⅱ.①李… Ⅲ.①诗集-中国-当代 Ⅳ.①I227

中国国家版本馆CIP数据核字(2023)第037468号

青马思鸣　卓越人才成长札记·诗歌篇　　　　　　　　李　鼎　著
Qingma Siming Zhuoyue Rencai Chengzhang Zhaji · Shigepian

策划编辑：周晓方　杨　玲
责任编辑：余晓亮
封面设计：原色设计
责任校对：张汇娟
责任监印：周治超

出版发行：华中科技大学出版社(中国·武汉)　　电话：(027)81321913
　　　　　武汉市东湖新技术开发区华工科技园　　邮编：430223

录　　排：华中科技大学惠友文印中心
印　　刷：武汉开心印印刷有限公司
开　　本：787mm×1092mm　1/16
印　　张：11.25
字　　数：163千字
版　　次：2023年2月第1版第1次印刷
定　　价：48.00元

本书若有印装质量问题,请向出版社营销中心调换
全国免费服务热线：400-6679-118　竭诚为您服务
版权所有　侵权必究

普通高等教育新闻传播学类国家级一流专业建设精品教材
编委会

总主编

张明新　金凌志

专业改革创新卷主编

张明新　李华君　李卫东

卓越人才培养卷主编

李华君　郭小平　李卫东

学生实践创新卷主编

金凌志　李彬彬　鲍立泉

委　员（以姓氏笔画为序）

于婷婷　闫　隽　李卫东　李华君　李彬彬

余　红　郭小平　唐海江　彭　松　鲍立泉

李鼎

1996年生，江苏南京人。中共党员。硕士毕业于华中科技大学新闻与信息传播学院，华中科技大学第二期研究生"青年马克思主义者培养班"优秀学员，华中科技大学瑜珈诗社、团中央青锋诗社成员。

作品曾获华中科技大学第十九届中华诗词原创大赛特等奖、湖北省"一二·九"诗歌散文大赛三等奖。

现工作于共青团中央。

总序

新闻传播学是对我国哲学社会科学具有支撑作用的重要学科。2016年5月17日,习近平总书记在哲学社会科学工作座谈会上讲话中指出:"要加快完善对哲学社会科学具有支撑作用的学科,如哲学、历史学、经济学、政治学、法学、社会学、民族学、新闻学、人口学、宗教学、心理学等,打造具有中国特色和普遍意义的学科体系。"可以说,我国新闻传播学的学科建设和发展步入了历史上最好的机遇期。

从实践的维度看,当今时代的新闻传播学科处于关键的转型发展阶段。首先,信息科技革命推动新闻传播实践和行业快速转型。大数据、云计算、区块链、物联网、人工智能等新兴技术,带来了翻天覆地的变革,不断颠覆、刷新和重构人们的生活与想象,促进新闻传播活动进入更高更新的境界。新闻传播实践的形态、业态和生态,正在被快速重构。在当前"万物皆媒"的时代,媒体的概念被放大,越来越体现出数据化、移动化、智能化的趋势。

其次,全球文化交往与中外文明互鉴对当前的新闻传播实践提出了更高的要求。中国正在越来越走近世界舞台中央,"讲好中国故事""传播好中国声音"成为国家层面的重大战略。在此背景下,新闻传播学的学科建设、学术研究和专业实践,要有"关怀人类、联通中外、沟通世界"的担当和气魄,以传承、创新和传播中华文化为己任,推进全球文化交往,推动中外文明互鉴,为人类文明进步贡献中国智慧和中国方案。

再次,媒体的深度融合发展,促进了媒体功能的多样化拓展。在当今"泛传播、泛媒体、泛内容"的时代,媒体正在进一步与政务、文旅、娱乐、财经、电商等诸多行业和领域产生更加紧密的联系。在媒体深度融合发展的进程中,媒体不仅承担着意识形态领域的新闻传播、舆论引导和文化传承功能,而且是治国理政的利器,是服务群众的平台和载体。在推进国家治理体系和治理能力现代化的过程中,媒体融合是关键一环。通过将新闻与政务、服务、商务等深度结合,媒体全面介入了社会治理和公共服务的各领域各环节。

不论是学科地位的提升,还是实践的快速变革,都对新闻传播学科的转型发展提出了新的时代要求。2022年4月25日,习近平总书记在中国人民大学考察时系统阐述了建构中国自主知识体系的重大战略目标。总书记强调:"加快构建中国特色哲学社会科学,归根结底是建构中国自主的知识体系。要以中国为观照、以时代为观照,立足中国实际,解决中国问题,不断推动中华优秀传统文化创造性转化、创新性发展,不断推进知识创新、理论创新、方法创新,使中国特色哲学社会科学真正屹立于世界学术之林。"具体到新闻传播学科,就是要加快中国新闻传播学自主知识体系建设。我们要以习近平总书记强调的"立足中国、借鉴国外,挖掘历史、把握当代,关怀人类、面向未来"为根本遵循,构建中国特色新闻传播学知识体系,充分体现中国特色、中国风格、中国气派。

加强教材建设是建构中国特色新闻传播学知识体系的重中之重。新闻传播学的学科、学术和话语体系,正处于持续的变革、更新与迭代过程中,加强教材建设显得更为重要。只有建构高水平的教材体系,才能满足立德树人的时代需要,才能为培养新时代的卓越新闻传播人才提供知识基础。教材也是中外文化交流和文明互鉴的重要载体。要向世界提供中国方案、贡献中国智慧,向世界民众传播中国理论、中国话语,教材是重要的依托和媒介。新闻传播学教材是中国特色新闻传播学知识体系的重要构成部分,肩负着向全人类贡献中国新闻传播话语、理论、思想的历史使命。

本系列教材是国家级一流专业建设精品教材。在某种意义上,本系列教材是顺应国家层面一流本科专业和一流本科课程"双万计划"建设的时代产物。2019年4月,教育部办公厅正式发布《关于实施一流本科专业建设"双万计划"的通知》,提出在2019—2021年,建设一万个左右国家级一流本科专业点和一万个左右省级一流本科专业点。在一万个左右国家级一流专业中,包含236个新闻传播学类专业。目前,全国约有1400个新闻传播学类本科专业,国家级一流专业显然具有极其重要的示范价值。2019年10月,教育部发布《关于一流本科课程建设的实施意见》,正式启动一流课程"双万计划"。在一流本科专业和一流本科课程"双万计划"建设中,教材建设无疑是极为重要的。

华中科技大学新闻与信息传播学院创建于1983年,是全国理工科院校中第一个创立的新闻院系,开国内网络新闻传播教育之先河。1983年3月,华中工学院派姚启和教授赴京参加全国新闻教育工作座谈会,到会代表听说华中工学院也准备办新闻系,认为这本身就是新闻。第一任系主任汪新源教授明确指出,我们的目标是培养文理知识渗透的新闻专业人才,我们和中国人民大学、复旦大学、武汉大学办的新闻学专业不一样。1998年,华中理工大学在新闻系基础上,成立了新闻与信息传播学院。学院坚持以"应用为主,交叉见长"为学科发展和专业建设理念,走新闻传播科技与新闻传播文化相结合的道路,推进人文学科、社会科学与自然科学、技术科学交叉融合。经过程世寿教授、吴廷俊教授、张昆教授等历任院长(系主任)的推动、传承和改革创新,学院逐渐形成并不断深化自身的特色。可以说,学院秉持学科交叉的人才培养理念,在传统的人文教育和"人文＋社会科学"新闻教育模式之外,于众多高校新闻传播人才培养模式中走出了一条独特的发展道路。

近年来,学院坚持"面向未来、学科融合、主流意识、国际视野"的人才培养理念,致力于培养具有家国情怀、国际视野和新技术思维,适应媒体深度融合和行业创新发展,胜任中外文化传播与文明互鉴的卓越新闻传播人才。在人才培养过程中,注重学生综合素质与专业水平、理论功底与业务技能、实践精神与创新思维的均衡发展。在这样的思维理念指导下,学院以跨学科、跨领域、跨文化为专业建设路径。所谓"跨学科",即强化专业特色,建设多元化的师资队伍,凝聚跨学科的新兴方向,组建创新团队,培育跨学科的重要学术成果;所谓"跨领域",是在人才队伍、平台建设等方面拓展社会资源,借助业界的力量提升学科实力和办学水平,通过与知名业界机构的密切合作提高本学科的行业与社会知名度;所谓"跨文化",是扩大海外办学空间,建设国际化科研网络,推出高水平合作研究成果,推进学术成果的国际发表和出版,提升学科的国际知名度和美誉度。

目前,学院拥有五个本科专业:新闻学(另设有新闻评论特色方向)、广播电视学、传播学、广告学、播音与主持艺术。其中,新闻学、广播电视学、传播学入选国家级一流本科专业建设点,广告学、播音与主持艺术入选省级一流本科专业建设点。与此同时,学院还建设了包括"外国新闻传播史""新媒体用户分析""网络与新媒体应用模式""传播学原理"等在内的一批一流课程。为持续推进一流专业建设和一流课程建设,我们经过近三年的策划和组织,编撰推出"普通高等教育新闻传播学类国家级一流专业建设精品教材",为促进新时代卓越新闻传播人才培养,推进中国新闻传播教育转型,建设中国特色新闻传播学知识体系贡献华中科技大学新闻传播学科的思想智慧与解决方案。

本系列教材包括三个子系列:专业改革创新卷、卓越人才培养卷、学生实践创新卷。其中,专业改革创新卷以促进专业建设为宗旨,致力于探讨在新的时代条件下,开展新闻传播学类专业建设的理念、思维、机制和措施,具体包括专业改革创新的指导思想、课程思政、教师与学生、课程与教材、授课形式、教学团队、实践创新、育人机制、交流机制等方面的内容。特别的是,我们在课程思政建设方面做了一些探索,取得了一些成果。2022年,学院作为牵头单位,编撰出版了《新文科背景下专业课程思政教学指南》,系全国首部文科类课程思政教学指南;同时,编写的《新闻传播学专业课程思政教学指南》

即将于 2023 年春由华中科技大学出版社出版,系全国首部新闻传播学类课程思政教学指南。

卓越人才培养卷以推进课程教材建设为宗旨,致力于促进新闻传播学类各专业核心课程、前沿课程、选修课程教材的编撰和出版。在我们的设计中,其既包括传统意义上的正式课堂教材,也包括各种配套教材,譬如案例选集、案例库、资料汇编等。课堂教学的教材建设是专业建设的重要构成部分,对于促进快速转型中的新闻传播领域的知识更新和理论重构,具有极其重要的意义。我们以培养全能型、高素质、复合型、创新型的新时代卓越新闻传播人才为目标,着眼于培养学生的跨领域知识融通能力和实践能力。教材是实现上述目标的重要依托和载体。我们在推进卓越人才培养卷教材编撰的过程中,特别注重将新时代中国特色社会主义伟大实践和中国媒体深度融合发展的最新成果及时进行转化并融入其中,以增强新闻传播教育教学的时代性和针对性。

学生实践创新卷以提升学生实践水平为宗旨,致力于培养学生面向媒体融合前沿、面向文化传承、面向国际传播的实践意识和能力。新闻传播学类各专业具有很强的应用性,必须面向实践和行业。"以学为中心",在某种意义上就是要注重实践。新时代的卓越新闻传播人才培养,必须建构基于实践导向的育人机制,其中包括课程、实验室与实践平台、实践指导团队、学生团队实践、实践作品、实践保障机制等诸要素,构成一个完整的闭环。我们编撰学生实践创新卷教材,是要通过对华中科技大学新闻传播学子原创实践作品的聚沙成塔、结集成册,充分展现他们在评论、报道、策划等领域的优秀成果,展现他们的创作水平、责任意识和家国情怀。这些成果中的一部分,可能稍显稚嫩,却是学生在专业领域创造的杰作,凝聚着青年学子的思想智慧和劳动结晶。当然,这些成果也是学院教师们精心指导的结果,是教学相长的产物,对于推动专业建设具有重要的参考、借鉴和示范意义。

在我们的理解中,教材的概念相对宽泛,不仅包括传统意义上的课堂教材和辅助性教学材料,还包括专业改革创新著作和学生实践创新作品。教材是构成专业建设的基石,一流的专业必然拥有一流的课堂教材、教改成果和实践成果。本系列教材名为"国家级一流专业建设精品教材",但并不仅仅服务于本科专业的建设,还囊括针对研究生各专业建设的教材作品。打通本科生专业建设和研究生专业建设,是本系列教材的一种重要创新。我们认为,只有在一流本科专业建设的基础上,才能建设好一流的研究生专业。

2023年将迎来华中科技大学新闻与信息传播学院四十周年华诞。四十年筚路蓝缕,以启山林;四十年创业维艰,改革前行。经过四十年的历程,学院建成了全国名列前茅的新闻传播学科,培养了数以万计具有国际视野、家国情怀的高素质复合型新闻传播人才,成为华中科技大学人文社会科学学科蓬勃发展的一张名片。值此佳期到来之际,我们隆重推出"普通高等教育新闻传播学类国家级一流专业建设精品教材",为学院四十周年华诞献礼。本系列教材是教育部首批新文科研究与改革实践项目"基于多学科融合的卓越新闻传播人才培养体系创新改革研究"的重要阶段性成果,体现了华中科技大学新闻传播学科专业建设发展的主要特色。根据规划,本系列教材将在2025年前全部出版完毕,其包括约50部作品,可谓蔚为大观。在此,我们要感谢中共湖北省委宣传部、中共湖北省委教育工作委员会、湖北省教育厅与华中科技大学共建新闻学院的项目经费支持,同时,我们也要感谢华中科技大学本科生院在经费上的大力支持,正是有了这些经费的资助,本系列作品才能出版面世,与读者相见,接受诸位的评判和检验。

本系列教材是华中科技大学新闻与信息传播学院致力于推进中国新闻传播教育转型发展的努力与尝试。我们希望这样的努力与尝试,将在中国特色新闻传播学知识体系建构过程中留下历史印记,为新时代培养造就更多具有使命担当、家国情怀和国际视野的卓越新闻传播人才贡献华中科技大学新闻传播学科的思想、智慧和方法。

华中科技大学新闻与信息传播学院院长,教授、博士生导师

张明新

2022 年 12 月 12 日

目录

001　求学手记

研途　2

拆　4

一碗隔夜饭　6

蜷缩　8

大雪爽了华科的约　10

暮色·想象　13

最喜欢的路　15

黎明　16

你要的理解　17

致后浪　19

一个人的团圆　21

游戏，你听我说　23

毕业季　25

027　拥抱世界

28　你真的习惯了吗

30　一个我不愿提及的主题（组诗）

32　一个不诚者的独白

34　日历上一个寻常的姑娘

37　朋友圈是一本诗集

40　所谓孤独

43　尚存余热的微笑

45　目击者杀人

48　麻醉

50　电子的记忆

51　又给大地点上一根烟

53　累

55　手机的宠物

57　老的那一天

059　亲人箴语

60　致恩师

63　母亲

65　浑浊里的天堂

67　吊桥

奶奶的骄傲　69
致父亲　71
从前那就是他　73
奇妙的相遇　75
时间还在行走　77
您的理想　79
连理·献礼　81

083　爱的沉思

有的爱　84
我又何必再写一首情诗　86
烹饪指南　88
你是我的故乡　91
雪山的泪　93
磁石　95
横渡乌江　97
屋子　99
廉价的自由　100
雪未停　101
晚安　102
轨道　104
屋中　105

107　去看你

109　人海里的对话

111　生活拼图

112　奇迹穿越

114　水乡夜

116　天使

118　风

120　鸽

122　天籁

124　生活拼图（组诗）

127　虚构的艺术

131　一场考试

133　新的星宿之期

137　时代献礼

138　我终于走到新时代门前

141　战马

143　青马,奔腾在井冈山间

147　青马人写给母亲的诗

150　七夕　152　你有几个故乡

154　清晨·祖国

155　永远的青年

157　后记

求学 / 手记

求学的路
是一条布满荆棘的路
从梦想森林里分出
在你我脚下通向光明
这条路极少是平坦的
或者说，它从未平坦过
只是有人的犁沉重
有人的脚步稳健
回首这条路，我们往往有许多感触
也和命运，开着互相的玩笑
但有一点，似乎从未改变
滴滴汗水砸落的印记
终将成为某段辉煌的句点
求学的点滴，由这个篇章为你呈现

研途

2017 年 12 月 24 日傍晚

冬至为夜拨快了闹钟

放任一只笔跳孤单的舞

握紧疼痛，暂时忽略右手的呻吟

最后五分钟，不允许你停下

一个洪亮的男声如期响起

试卷回首苦涩一笑

和梦想一同走进了密封袋

考场只剩下空缺的月色

几百个日夜争相讲述

海风划过青年冷静的面庞

有过措手不及，放下捶胸顿足

只教浓墨把悔字抹杀

结局搅拌着预想的完美

酸麻褪去，竟没有一丝疲倦

我曾记恨往日命运

可远方，只迎接卓越的灵魂

心驰神往与现实的对决

或许并不存在加时赛

擂台上汗泪滴落

而裁判，永远不会开始倒数

——致每一个考研人

拆

2017年10月18日

再度路过那列书架

与一堆文字对视

没时间驻留

这座大厦必须拆除

偶尔有一台挖掘机来

几个月后重建

这儿也有钉子户

充数罢了

根本没有人问你死活

一尘不染如新

不值得骄傲

拆吧

——致图书馆

一碗隔夜饭

2017 年 10 月 3 日

青春，一碗隔夜饭

米粒已成年

谁也不愿捧起这冷

碰壁，燥热褪去了

内里结得坚固

拒绝同氧合污

在油锅里邂逅鸡蛋

没有这翻腾

龙门永远不会接受鲤鱼

饭，搁久了也就馊了

趁着年轻，心未改

去亲吻滚烫世界

————致青春

蜷缩

2017 年 10 月 18 日

蜷缩得像羊角面包

学倦了,这么休息一会儿

趴桌上,会僵

没有露宿漂泊那么冷

只怕前程凄凉

光辉,还需小憩

蜷缩,太将就

更容易梦里完成《出师表》

我说那是幸福蜷缩

夙兴夜寐,很困

能成功,够舒服了

———致奋斗中的你

大雪爽了华科的约

2018 年 12 月 10 日

他们告诉我大雪即将来袭

我信以为真地换上期待的目光

新闻告诉我雪会越下越大

朋友询问我雪是不是终于光临

他们的诧异让我更诧异地跑向飘窗

为什么温度低得冻耳朵，却还是没有雪

他李广还能坐在雪地里打听冯唐

我只能百无聊赖地下馆子，吃书

停在路边炖诗，等待一片雪花落到手心

他们避开了我，雪避开了这里

都怪天气预报把华科放进下雪的集合

都怪黄历上印着大雪的节气

华科明明是一个例外

我曾以为去了北方，就能在雪中大笑

大连四年的雪还不如六年级一天

生在南方的孩子，只要见过一次雪

就会想见无数次，就像念着心爱的姑娘

大雪笼罩的区域是画家的天堂

我画过泥墙，画过车窗，画过祖国雄壮

漫天都在研墨，到处都是洁白的宣

手指是笔，任意挥毫，好不嚣张

如今，一阵寒风吹乱我的想象

枫叶说只要碾过它，就能听见雪的声音

可我要搓一个球形的童真，去打仗

上天终究没有给我炮弹，逼我投降

路灯下没有白色精灵，我突然开始埋怨

是不是这里不出产六角的花儿

雪说他的年纪快到了，冬天很难再提拔

雪说让我别再等了，这里不能迫降

我想远离这里，可别处的雪并不属于我

只有这里的无瑕能留住年少轻狂

枫树和银杏也在盼着穿上新装

我想起某个新年的夜，大家都在欢笑中睡去

只有雪花还在工作，他们装点了除夕的梦

能不能，也装点一下华科人的梦

枫树盼枯了头，银杏盼枯了头

我也盼枯了头

——写给一场爽约的大雪

暮色·想象

2020 年 3 月 19 日

暮色中,湖心有两只巨兽在嘶吼

黑暗一口答应在我结束想象前

不会照亮那片区域

就任由我,泼墨

我的眼睛里有一颗恒星

足以化尽一切的熔炉

真正的光能在灰烬那端闪亮

更多黑暗在我触摸不到的地方

一天中最清醒的行走

我和望远镜、显微镜同是门将

不曾否定爱因斯坦的假设

也不曾放过一份需要核准的想象

蓝色与黄色的龙在吞噬绿色

卫星借此证明自然放弃了温柔

这世上多的是,藏在黑暗后的光明

还有,来自想象家的提醒

对黑暗中的人来说

我的想象力就是一只恐龙

哪怕就只是几声低语

也引爆万分惊恐

——写给一颗星球

最喜欢的路

2020 年 4 月 4 日

校园有一条你最喜欢的路
每次行经，都会停下脚步
可惜你从来拍不出它的美

可能，它只愿眼前的你体会
却又吝啬地禁止那些
不肯来拜访的人得到便宜

黎明

2021 年 3 月 18 日

我不相信那是一个黎明

黑暗来得动魄惊心

究竟是永夜的序曲

还是调皮的精灵

我不敢相信那是一个黎明

足以击碎热爱的冰晶

让拼搏也战栗的黑天鹅

撞上从不认输的生命

但愿那是一个黎明

洒向百折不挠的曾经

挣开意外的紧缚

期待东方的鸡鸣

你要的理解

2021 年某夜

灰猫不会过问你的三观

小狗不会批评你的惰懒

你能拿出一个窝

便陪你共享一生的悲欢

绿叶不会理解松的顾虑

小草不会感恩树的遮蔽

你将迫害我的根系

便化作一摊控诉的烂泥

有人会讥笑你的三观

没人会叫醒你的惰懒

有人会共情你的顾虑

没人会拒绝你的遮蔽

你在局中，你在碗旁

你在路边，你在地上

你在你应该在的长廊

你要的理解在无垠的远方

致后浪

2020 年 11 月 9 日

来的路上看到叶子回家

坐处看见梧桐赤红的脸颊

隔着馆子的窗,瞥见一群挺拔

他们是青年园,和你我她

梦土没有常绿的草皮

心田没有丰收的四季

只能听见,脑海的浪涛

与鲲鹏谦逊的低语

此心所念的,曾给了自己一切

自己又把一切都给了所念

正如一条坚毅的群众路线

在搏击风浪中行稳致远

诉说的教训,和胜者的经验

其实并没有相隔千里

撇开时运，在这馆子

还有一段鲜为人知的孤寂

有梦，就不曾在孤寂中凋零

祝你，将在夙愿中开花

一个人的团圆

2020 年 10 月 1 日

祖国生日前夜

我买了一个月亮

剥开，把心酸品尝

也没能止住思乡

两个佳节联手的日子不多

正如我们相见的时光

一人一半的团圆

坎坷里的鞠甜

第二个故乡有满园的桂

从不忍折下一截

让你闻到同一种芬芳

满足我简单的愿望

东坡口中的婵娟还在

阳明心中的那轮光月还在

千年里好像总是无缺

可思念远方的人，听不得这些

想你时，一个人才有团圆

这内心有家国富强做馅

所爱的你们幸福安康

孤月，诉说我衷心的祝愿

游戏，你听我说

2019 年 6 月 11 日

游戏，我有太多可以向你诉说

少年从暴雪风靡的年代走过

生活目睹的无畏身影

匿身在成长的天晴

足以褒扬能力的曾经

与职业天堑前的清醒

能用爱好生存的人极少

高强度的重复，才叫电竞

爱好中掺杂过多，就会变质

中国队夺冠那天，少年心满意足

既是可贵的执念，也是伤痛的代言

在最高潮处，合上青春期待的眼

历史或许忘了你的带病上场

身体却牢牢记住每一次伤

冷眼旁观的战争

将无数骨灰级玩家埋葬

一代人有一代人的游戏

一辈人有一辈人的执念

输和赢,就在此局中

不在什么别的空间

高考何尝不是一场游戏

只是,不能复活、存档、作弊

规则暂时交由世界制定

少年只管,一往无前

动漫总会结束连载

系列电影不会久居舞台

游戏,亦是成年人的童话

五味杂陈中,终将再见

毕业季

2021 年 5 月 29 日

在一群学士帽飘过的草地

邂逅了一位院友

我认出他的样子

仔细辨认他的谈及

孩子在玩树叶与泥

天真的脚步绕膝

而脑海里院友的痕迹

仅有一场很久远的会议

他和我之间本没有太多回忆

却因一座楼萌发联系

不曾忘记,夏天的主题

不曾开口,共同的希冀

本想鼓起勇气

去打破梧桐下的恬静

该回家了,回家了的欣喜

这份美好,便不再有惊奇

院友带着孩子远去

这是无比熟悉的小径

他的泪水从未离开这里

还有一段灿烂的过去

至于是哪位院友

已不必专门告诉你

他需要的树荫

每一株梧桐都熟悉

拥抱 / 世界

究竟怎样才算拥抱了世界？
是走出去看见众生百态
是沉下去直面困苦饥寒
是跳出去告别舒适区
还是背过身隐匿泪水
拥抱这个世界的方式有很多
年纪只能困住此刻心境
屏幕困不住满腹好奇
只要你愿意，你便拥抱了世界
拥抱，就会感受到真实的温度
真实的轮廓，真实的触感
以上都是没人能转述的真实
唯有你置身怀中
当然，这怀抱并非完全无害
局部的世界离完美很远
它离完美的距离
恰恰攥在你我的手里

你真的习惯了吗

2019 年 3 月 9 日

你习惯了表演

我习惯了参观

我买了门票，来见你的微笑

你独自玩耍，像把这里当家

你有朋友在珊瑚礁上折断翅膀

无迹可寻的泪，还有湍流抚上的眼

可他临终时还能与海洋道声再见

比你幸福了不止一星半点

你有同伴被铁钩拖上捕鲸船

那湾里猩红，分明有新制的悬棺

他从失聪抵达彼岸只是一瞬间

比你幸福了不止一星半点

你说，饲养员与拿鱼叉的贼人没有两样

死神网开一面，传授些取悦的伎俩

断了活路，又给你谋个生计

生命强行烙上新的"意义"

养尊处优也曾是你的梦想

如今你无数次怀念流浪

我知道那不是围城里的懊丧

若有来世，换我做海豚

——献给无辜的生命

一个我不愿提及的主题（组诗）

2019年3月12日

（一）

她和轮椅跳了一支父亲最爱的舞

那副躯体不剩多少灵活可以透支

步入永夜前的光明不会长久

让人留恋，又涕泗横流

（二）

五十多年来，爸妈第一次瞒着孩子

擅自做主，将她生命的零件赠予别人

幸与不幸只差一纸苍白协议

只愿你，余生明亮

（三）

小小的墓碑可以装下一位英雄

思念刻下的皱纹却不容眼泪逗留

全家福有很多种拍法

唯独这一种白发，静默无他

（四）

折上已经注销过的户口本

黑白婚纱照帮忙记住一个吻

不能回头，所有意义悄悄溜走

人间颤抖，何时能与你重逢

（五）

亲人眼前这道帘幕，说落就落

倒计时神圣而肃穆，无处可躲

可恨的时间，从不够我答谢

最后再环游一遍你，我的世界

（六）

我们并不属于任何地方

我们只属于彼此身旁

某日驾鹤云游，想与江湖相忘

我愿捐出自己，许一个众生安康

——写给死亡

一个不诚者的独白

2018 年 12 月 1 日

我试着删除自己的前二十年

编辑一个人生赢家,定期植入头衔

假面舞会,知识全拿去随了份子

严谨的行骗艺术,置顶放进参考文献

有人猜测阳光尚未照到这片浑水

既然数量为王,何不成为自家的盗贼

祈祷,那棉线缝上的蚌永不苏醒

是否内含珍珠,自然说了不算

我试着借用别人的躯壳攀登珠峰

总要脱下人皮自拍,刹那冻僵

汉芯,酸碱,干细胞,闹剧一再重演

既然有昏昧观赏,我就潇洒亮相

太多的人生病,是我在替他们吃药

药引子是清誉,疗法是无知者的恐惧

当利益和神坛画上等号,那里太挤

我肯定，没有一个大师可供迷信

斜塔上，无名者用铁球向我发起挑战

而我放了一把罗马鲜花广场的烈火

可当心了，我做过交流电的敌人

真理？一件并不存在的新衣

虚荣，侥幸，我就剩两样遗骸

可恶，那学术精神的灯塔永恒存在

漂流黑暗的后人又怎么能瞎猜

一个不诚者的独白

——写给学术诚信

日历上一个寻常的姑娘

2019 年 1 月 13 日

日历上有一个寻常的姑娘

她曾与你谈过一场炽热的恋爱

从农耕岁月起,就编织了一筐深厚感情

如今啊,那定情的信物不知丢哪儿了

你说是用假期的盒子装着,还常常擦拭

爱是如此脆弱,经不起一次无意打开

所以我,要在你的记忆里拍一张她

大红的定妆照,留住视野中最美的过往

真正会消逝的,临走前从不打招呼

等人们再想起她,已不再有味觉的朝夕

等人们再想起她,黄土地的盛宴也散了席

飞驰而过的时代,不曾为了她慢下脚步

匆匆路经的你们,不愿为她停留片刻

空旷的戏台上,仅有一位老者在清嗓

一字一句,唱那风中有一列等候凋零的长队

传统病入膏肓,非遗说不出自己的悲伤

当初你随时代进了城,她也尝试跟去

可城里不让燃放烟花,她哑了

城里也没有地方摆放年味,她无处安身

她回了乡下,留给你一个落寞的背影

你能否回想从前,她吻过你的味蕾

腊月那时还是媒人,年复一年来敲门

童年的你,拿过她舍不得吃的麦芽糖

多少香甜的梦里有她摇曳的身影

即便是战争年代,也有她坚强的舞姿

若你恍惚见到她,就道一声好久不见

她总是羞得像是刚认识,递上一碗腊八

细腻的心思,马上摆成了一桌隆重

她记得所有让你踏实的美味,所有

这一餐,她想让岁时停止流转

这一餐,她为你卸下一年的漂泊

这一餐,她要你舌尖的痴情不再改变

潮水的馈赠,四季的收成,都拿来帮厨

七件子,九大簋,松皮扣,红鲟米糕……

她请来了各地的当头菜,还有一坛83年的

早已醇厚甘甜的联欢晚会,与你同饮

这时候端出扎西德勒，火候刚刚好

最后一挂鞭炮声中，她流下了热泪

她这一辈子，高歌，绽放，都是享春天的福

因为爱你，她从未奢求你放下一切忙碌

只是寄希望于你能抽出一段时光

去陪一陪她，陪一陪易老的容颜

陪一陪总是盼你归来的爸妈

陪一陪老街上不善言辞的飞甍碧瓦

陪一陪这铭记着千疮百孔的国家

若我能让你拿筷子的手微微颤抖

万幸，姑娘的泪就没有白流

春天捎来口信，说要做你们的证婚人

这堆柴火，一直煨到不复有你的清晨

——写给一个节日

朋友圈是一本诗集

2018 年 10 月 11 日

一本永远向下翻页不停歇的诗集

你来决定心仪的封面与广告

卷首几行著作者的心迹

一本希望世界惠存的诗集

第一页写着昨日的成就

洋溢喜悦的心在静候红枫树落下

收藏家们盖上共同见证的印

估值甚至惊醒一贯陌生的看客

第二页写着今天的生活

上一首饱含泪水,下一首愠怒沸腾

人间烟火需要最奇妙的编排

漫游者因此活出了千种人生

第三页写着柏拉图的对话

灵感带着彗尾坠落,思想似活火山喷薄

遮天蔽日的共鸣,舆论岩浆重塑生态

末日,足以灭绝一次霸座的恐龙

第四页写着食指的焦虑

诗人的符号晦涩而现实的嗓子喑哑

斗胆把上帝的悄悄话当作秘方出售

一并卖给最伟大的听众修葺心篱

这本诗集从未出版,却被众生阅读

愿意活成一座孤岛的少数依然翻阅年华

每个自己都是港湾,却也想停靠别处

顿足的是情谊,和风来过的痕迹

当彼此不再相见,将往后的页撕尽

末页终将枯黄,除非开放永久的闸门

多么宽容,不相识也能窥探十首

多么可笑,不再见就只剩书壳

诗已好久没从污名池中露面,真身或死

当下里巴人终于开始欣赏阳春白雪

当特朗斯特罗姆铺展的巨光照亮世界

但愿我们都被巨大的数目拯救

我的拇指和食指像杆枪一样舒适

射杀了让沃尔科特封笔的白鹭

一个红色小点,或惊或喜的潜伏

你,又有一首新诗要读

——致朋友圈

所谓孤独

2018 年 5 月 19 日

我以为所谓孤独

只是在等待不孤独的一天

无聊成疾,只需注射一针娱乐

向着孤独朝圣,石碑失了两行篆刻

从此理解以光速逃离

群居深层的缺陷,是一种珍贵的慰藉

享受孤独不过是一时托词

困在笼里的野兽怎会习惯自由

若我一生只爱一人,把全心视作定期储蓄

纵如胶漆也只让天地停转一时

牛郎松开手的瞬间谁又去想象

冷清的寒月照不亮他乡仰视的眼

孤独的泉,涌出苦涩的想念

若我做一世廉明清官，以社稷为家

空前幸福的民众以爱戴将我簇拥

某日远于江湖卸下一身理想

登门信访的，不愿却只有孤独

若我做风光无限的明日之星

用演技度量一生的真实与错过

一呼百应的荣华燃尽质朴的薪柴

剧本的某个终章是众叛亲离

心房只能有一个粉丝关注，网名孤独

若我做放浪形骸享受骂名的"诗人"

借一个多情博爱的口，从不负春光

昨日为谁痴狂，明日又做了流氓

轻易就打出嵌着荒谬与纵欲的响指

孤独，定是最后一个情人

若我做一个饱经风霜的老叟坐在王屋山

挚友仇敌都化为夕阳下的一抔尘土

干涸的唇，不再渴求与世界辩论

记忆在孤独的棺木里沉沉睡去

我也想提前查阅此生的千万种结局
尽力规避而非坐等孤独降临
最残酷的抉择恰是最幸运的提示
自我，会在孤独里重生

我们都曾孤独
只是后来认识了自己
孤独的意义
就是找到孤独以外的意义

——写给每一个曾经孤独的人

尚存余热的微笑

2018 年 6 月 30 日

马路又一次染上三原色

餐盒咳出鲜红的饭菜

抢跑的灵魂注定输给时间

终于,差评不必再放心上

超时,系统分配了大限

前路宽阔,眼里只有无人小径

谁都不曾与绿灯签订契约

电梯,降下生命的尊严

电话只响一声,接通恶作剧的猜想

无声的喉咙,尽力修葺沟通的桥梁

假如给他三天声带

暴雨会在惊愕中停歇

延长一份等待的保质期

用昂贵的感谢作附加值

他愿飞到每个上帝面前
捧出尚存余热的微笑

　　——致每一个为生活奔波的人

目击者杀人

2018年6月8日

同时看向现场,然后案发

那里走出想象的凶手

太多目击者的坚信覆盖事实

从而排除伪证的可能

卑鄙丑陋,也不容任何侮辱

众媒拥护的期待,谁敢说是愚蠢

公知的热诚回应火上浇油

多么善良而骄傲的良民

证据不足地谩骂着

不如找个闹市将他绑着游街

大家都来捅一刀,何其甘甜

莫非这是值得高呼万岁的健全

瞒住真相，由着情绪去屠戮

民意走上法庭，恐慌被俘虏

为了深爱的、假想的亲友

公然让司法饮下毒酒

这正道散发着血腥

不用分辨真假，更无需开庭

直接顺着民意宣判

凶恶的害虫处以极刑

无可厚非的恶魔面目显露

落入阴沟的肮脏野狗

经受着消愁解闷的群殴

何必将郑重烦琐的证据寻求

总有愿意说出真理的笨蛋

不顾自己安危伸出援手

摆脱民意的污流，出庭作证

是我为之骄傲的勇敢信念

目击者杀不死的

是心底的正义

——致正义

麻醉

2017 年 11 月 3 日

冬夜嘀咕,夏天该多好

冷风让牙关恨到极点

后天浮现脑海

汗如雨淋时

却回忆数九寒天

遮羞布,烤焦了最后一块

我,果然还是不怕冷

一季走了九十度

可怕循环至死

跳蚤没有更高觉悟

火箭蛙半截埋进了泥土

用极限做麻醉

术后是无尽噩梦

消逝的,做了系铃人

可现实,解不开

电子的记忆

2021 年 5 月 20 日

破除无用窗台的蛛网

抹去记忆的些许悲凉

对光影不复返的担心

贸然删去或比未来更好的过往

又或者搬进库房

某一天不再创造新的辉煌

翻找出珍贵的钥匙

重拾人生断续的篇章

已然风干的泪光

重新摇曳心船的双桨

那些久居黑暗的角落

也被唯一的回忆照亮

又给大地点上一根烟

2017 年 11 月 20 日

他们又给大地点上一根烟
谄媚笑着，催促着
让大地多吸几口
全然不顾熏黄的肺

衣柜塞满任性
打不起孝顺的补丁
大地从没舒展过眉头
烟，抽了一根又一根

烟灰积落，盖住沟壑纵横
黝黑的皮肤粗糙得厉害
肺也日渐残缺，免不了咳嗽
一个不慎就是漫天尘霾

泪雨辛酸，疼在儿女心上
谁来掐灭可恶的烟

哪怕只是加上过滤嘴

留后代一个真实的绿水青山

——致大地

累

2017 年 10 月 21 日

爷爷背靠着大理石

只盖了一层阳光

就睡着了

额头上挂着铜锁

空气静得只有风在呼吸

秋,快要尾声了

爷爷,像一片枯黄的叶

被卷到这里

显眼的送餐服

许是累坏了

订饭的人刚准备起床

爷爷却睡在了水泥地上

手机的宠物

2017 年 11 月 1 日

行走的手机

养了一只巨大宠物

它很乖,总陪在左右

主人默不作声

它就很失落

主人哼起歌曲

宠物便亲昵地贴近

用叫声证明存在

一刻少不了触摸的感觉

除非主人黑下脸

才想起,回到生活

手机从没换过宠物

直到撒手人寰

宠物，又事了二主

老的那一天

2019 年 11 月

谁都有老的那一天

那一天有人正在经历

拭去岁月蒙上的灰

有好多，是这辈子的坚强

远方有亲人，可南边的大雨

有些日子没下了

天伦那种乐，是不是比吃饱更满足

爱情，是不是回忆里瘦削的影子

温暖的地方，和一个人残破的家

哪个，更能记住我年龄的变化

每个膝盖上，都有一个家的尊严

此刻的泪里，有生命的初芽

这捧玫瑰记忆里是没有的

孝顺里发了芽,善良里开了花

——写给一则泪目的视频

亲人 / 箴语

这个章节所蕴含的
大多是人间最为质朴的、纯粹的
洋溢着亲切与熟悉的感觉
与之对应的一群人
行至何方，走得多远
驻足时想到最多的，最频繁的
便是这样一群人
在生命里，占据了太多比重
有些话，你若不开口
没有人会帮你去说
而有些事，今天不做
或许今后就再没有了机会
莫道人岁多，莫道情悠长
莫道君谢晚，莫道开口难
去感恩
别拖延

致恩师

2020 年 9 月 10 日

一路走来,我遇到了诸位恩师

就像一株青芽拥有了晨曦

您赠予我,竹的根系

和一个正直的目的

过往的荣誉证书再多

不曾抵达您曾经的嘱托

那段青涩回甘的奋斗

是您伴我走过

十九年的学生生涯

目睹了一个青年的茁壮

而您的育人生涯

点拨了无数青年的成长

幸运的是，我曾是其中之一

熠熠生辉的，是有您的回忆

不管学生行至何方

这份珍贵，永远难忘

年复一年，学生不曾将步伐放慢

正如恩师的育人不曾停止

受教于恩师是我的幸福

漫漫前路您是我最大的知己

如今，学生有一篇论文

想写在祖国的山河大地

一方百姓就是心中的关键词

中国梦做摘要，向新时代致谢

当然，首先要向恩师致谢

这一路虽然困苦艰辛

感谢您不吝提笔

见证我人生的轨迹

此去经年，上下求索是必由之路

一腔热肠，一处故乡，一个梦想

坚毅的青年在潮头回望

恩师的笑颜，就是我远行的衣装

致人生的诸位恩师

学生不是在最好的时光遇见了恩师

而是因为遇见了恩师

才拥有了一段最好的时光

母亲

2018 年 5 月 13 日

我看天边的云彩很椭圆

像是母亲的眼镜框

一时间仿佛回了腹中小屋

看什么,都是您

我看母亲眼里的自己很小

就像刚学会啼哭的婴儿

母亲纠正说第一声是笑

您的怀抱,至今都无比温暖

与母亲最痛的一次离别,叫分娩

为了与这人间相遇,我透支了您的痛苦

今后就算远行也是带回幸福

请重负迅速移到我的双肩

恍惚间长大,忧愁消散在您的指尖

银丝悄悄冲破年轻的堡垒

余生休想为母亲绘上皱纹

哪怕你蘸着泪水提笔

养育披着啰嗦的外衣遮住牺牲

陪伴的铁锹也把梦想深埋

走了千里,母亲便守望了千里

收拾行囊时还塞了些不舍

岁月鼾声阵阵,该醒了

生活把临行寄语验证成真理

可我也盼望那雪山弹起吉他

母亲的青春啊,随着旋律归来吧

母亲真正的节日,应该

过在每一个常存感激的心里

你和爸爸载着快乐行舟

我愿做那静谧的湖

——写在母亲节

浑浊里的天堂

2017 年 11 月 29 日

一个不怎么透光的土屋

盛放漫长一生

那年,她八十五

耳朵只能听见内心独白

木雕床边,老照片一再抚摸

黑白凝固了童养媳的岁月

小脚滴着腐朽,踩碎清末

逃过大屠杀的噩梦

眼睛浑浊不堪,也听不清

就让我笑得更暖些

枯枝伸来,紧紧握住年轻

干瘪的唇一遍遍重复着吴语

皱纹堆叠,言不尽的慈悲

牵挂好像和听力一起消失了

寂静就快要笼罩老姥姥

世界，模糊得只剩下印象

躺椅吱呀作响，生命尾音颤动

泥泞乱世中男人执意给了她幸福

这份情，而今只能触摸

或许，这就是天堂的模样

什么？你说天堂啊

他正牵着我的手呢

——写给老姥姥

吊桥

2017 年 5 月 11 日

那座晃晃悠悠的吊桥

本是静得如水一般

只是因为有人走过

它便摇荡起来

难得母亲醉得这般舒畅

一旁的我,不敢惊扰

这一晃,便晃起了摇篮上的纯真

秋千下的无邪

晃啊晃啊

把回忆都晃成了波光

月色映在面庞上

母亲又回到了当初的模样

——写在某个母亲节

奶奶的骄傲

2017 年 9 月 19 日

奶奶做了一辈子女人

瘦削的身形装不下

做男人的愿望

她

最爱听国家大事

几十年的农活写在茧上

任什么也不甘落后

奶奶总说起年轻时的片段

一百六十斤的担子，挑上就走

许多男人也望尘莫及

和爷爷吵了半辈子架

却吵出了两个年轻的心

坚持染黑的发

至今盘着他喜欢的式样

奶奶的功劳没有记录在册
却篆刻成孝顺的文字
亲手培养出两儿两女
是她骄傲的脊梁

致父亲

2019年6月17日

父辈们，把各自最好的东西

毫无保留地给了孩子

而我的父亲

只给了我一个榜样

他从未埋怨过家境贫寒

只是有时提起，牛背上的童年

一场大病夺走的懦弱

和少年刚强的肩

三十载，基层扎着父亲的根

田间地头，有他对泥土的眷恋

撕碎的字典里，风干的泪滴

刮刮锅底，又多一碗孝顺

自从某次掰手腕开始吃力

爸爸已不像当初那样苛求
只是那本日记一丝不苟
是啊，责任是不会老的

对父亲最庄严的敬礼
并非我长大后成了你
而是拥有比他更刚强的肩
撑起他磅礴的心愿

从前那就是他

2020 年 6 月 21 日

小时候总是熟悉的一个臂弯

熟悉到抬头就碰得见

一张严肃的脸

很少,会露出笑颜

长大后总是熟悉的一个叮嘱

仿佛永远孩提的保护

若是嘴角上扬一个弧度

又守望了谁的幸福

像是一剂解决纷争的良方

像是一把招商引资的利斧

眷恋着脚下的泥土

习惯了,行走在乡间的公仆

你说远处连绵的山是他

你说挂满希望的果树是他

无畏的牛是他,崭新的公路也是他

你没有说错,从前那就是他

他的坚强,逐渐递到你的肩上

他的脆弱,匿身在你的梦想

曾经那块绝不服输的钢

如今也需要一个故乡

有些未竟的终章,有些难封的李广

这些都比不上,永远炽热的心肠

这心肠属于一个健康的身体

属于敬爱了一生的父亲

奇妙的相遇

2021年4月17日

有些奇妙的相遇

落下的一刻令我诧异

兀自留下回忆

又把它丢回大地

瞄准的方向唯一

还有风的助力

不管多低的概率

我见到了你

点缀了大人的期许

不再有前路的忧虑

飘落的终点是根系

枝杈间挂满爱的点滴

叶拥抱了大地

我拥抱了你

关上命运的窗

做童话终生的编辑

——赠一生所爱

时间还在行走

2019年7月5日

妈妈电话里说,外婆七十了
简单收拾,我赶回了故乡
生日快乐歌唱到中途
看外婆的眼里便泛着泪光

爸爸电话里说,我想多陪陪儿子
他的鬓角,与妈妈的头顶
多了好几根明显的白发
这才想起,央求时间停下

爷爷养的狗瘦成了一个影子
年暮的它,没了力气迎接爸爸
甚至,斗不过脸上的蜱虫
只有时间狠得下这心肠

年迈,正挨家挨户地敲门
造访我一个又一个亲人

后村的烟花声来得不是时候

伴着一曲挽歌，时间还在行走

您的理想

2021 年 5 月 9 日

无座的乘客直面风景

抱稚嫩的未来远行

妈妈的腿

是座位的曾经

宽阔的砧板遮蔽风雨

斩断了绵长忧虑

妈妈的心

更是自由的鱼

在种满叮嘱的故土

有舒展的画布

跳动的音符

做孩子朋友的幸福

朝阳染红的后浪

奔向祖国，也渴望

共享妈妈的理想

抚摸星辰，向世界远航

——致两位妈妈

连理·献礼

2021年7月1日

我们从这人间出发

不到三个小时的误差

从此天涯

就多了一份牵挂

我们在这世界相遇

超过三个小时的初叙

从此钟意

添无数温馨回忆

当初的你只在梦里

叩击我的心窗

后来的你还在梦里

温暖我的心房

有了你，诗的海泛起涟漪

前行的路有了双翼

没有苦痛可以再放进眼里

因为你,缤纷了我的四季

这一路万水千山,万幸有你

陪我守望黎明,看乌云散去

这百年栉风沐雨,万幸有你

与我共结连理,向信仰敬礼

何其荣幸,能够和她以喜结连理向党的百年华诞献礼!

何其荣幸,能够亲身参与建设党的第二个百年奋斗目标!

百年初心不改,使命催人奋进!

吾辈当勇立潮头,砥砺前行!

爱的 / 沉思

如果问什么样的力量能够穿透时间的障壁
什么样的名义可以串联支离的个体
什么样的东西是永恒的
相信答案只有一个
爱，也许在包子山的夕阳下
也许在涨红的脸颊
也许在木棉的身旁
也许就在这章
在那些互相交织的岁月与梦中
你给了爱太多的关注，就像爱给你的
爱一个人，爱一份事业，爱一片土地
全部的光阴里，你都在与之对话
对于我们所爱的
我们给不了太多承诺
除了永远爱下去
其他都被泪湿得不成样子
去爱，去被爱
去爱里寻找，人生的命题

有的爱

2018年9月17日

有的朋友，他们亲近如磁与铁

可心，却离得很远

只因吸附到一起太焦急

一方随意，一方将就

有的朋友，他们互相吸引如双子星

好感，牢牢地缚住心核

纵使每日对视，动情环绕

却今生不得靠近彼此

有的朋友，他们羁绊如量子纠缠

虽天各一方，却在互相模仿

没有什么距离能阻碍爱情

可薛定谔的猫，充满了不确定

有的朋友，他们相似如灵魂之两半

自降生起就无比契合

余生不过是拼尽全力寻找对方

山海蒙住眼，摸索得鲜血淋漓

有的朋友，他们活着如恒星与彗星

一个光芒耀眼，一个千里前来

后者被灼烫

融合就必须面对牺牲

有的爱，一旦触碰

即是不可预的加速度逃离

不想爱如黑洞，让一方窒息

只怕爱如坍缩，毁灭自己

定理再多，我和你不必在意

时空再多，我还是想和你待在一起

——写给某位朋友

我又何必再写一首情诗

2018 年 9 月 14 日

你已那么爱我

早安知道,晚安也知道

每个慢放回忆的白天知道

偷偷安排你入梦的深夜也知道

我已那么爱世界

合群如此,自律也如此

生怕辜负众生的忧虑如此

不甘将前路暗淡的快乐也如此

那么,我又何必再写一首情诗

把什么暴露给无所有的妒忌

用什么唤醒向往的迷茫

不过一个无用的榜样

我坚持用开裂的嘴角

用妒忌的目光看向妒忌的背影

用迷茫的装睡沉入更深的迷茫

不过一个无用的榜样

你以为我知道世界的答案

我以为你理解了答案中的我

我还在继续懂我自己

你已懂了我的一切

我不再追求什么意义

这意义必须有你

若你不在我的世界

我不再拥有自己

烹饪指南

2018 年 3 月 1 日

思绪撒下网,准备在脑海打鱼

执着捕捞你们相爱的证据

放生了无数个难眠的夜晚

船上逐渐堆满了情诗

支起一口回忆的铁锅

用印象与文字做柴,倒入漫长时光

盖上一个承诺去等待沸腾

美好瞬间都争相浮现

是时候,加一点挥之不去的优雅

用醉人的陪伴去除局促

空气里萦绕着一见钟情的芬芳

远方的浓愁都切成细丝

把安慰拌入微苦的思念,滤掉怀疑

整块放入笃定相约的旅行

把顾虑和深爱一同搅拌成未来

责任尽量多加些,否则香甜就不持久

打开沟通,及时吸走挥发的气愤

心意是锅铲,每次约会都翻炒一次

不能允许任何一个误会糊底

别指望时光去煮开一切

隔开小情绪的,是不怕吃亏的围裙

均匀抹上关爱是预防炸锅的秘方

热情要足够持久,彼此才会慢慢成熟

小火慢炖,方能煲出相依相偎

大火收汁,幸福才会更加浓郁

小小的承诺迟早会盖不住翻腾的爱情

再多黯然清冷也浇不平相遇的喜悦

你将盛出一碟亲人的祝福

递上一碗洁白的婚纱

和我坐到一起,去品味这么多年

用心烹饪的相爱时光

——致天下相爱之人

你是我的故乡

2017 年 6 月 11 日

道完晚安,思绪却万千

夜很静谧,寂寞的海风来耳边做客

又诉说了些波涛的记忆

海洋般辽阔的心底,却因一人而充满

天际的繁星再次惊动我的不安

这段路如此漫长

就像浪子正在远方独行

破碎的心是不为人知的狂野

你于我,就像是永远的故乡

那条归乡路无数次在梦中闪现

总有一个夕阳下的容颜娇艳

还有一个黄昏里的笔挺身影

有一种漂泊不必到处流浪

有一种孤单不必孑然一身

日出与黄昏，两个相识多年的老友

好久不见，你们还好嘛

冷落许久了，你们始终不离不弃

可寻觅一个相知的伴侣，何其之难

此生终究难舍的，除了追梦

还有灵魂栖居的白云天

——致未来的伴侣

雪山的泪

2017 年 9 月 18 日

一座迷惘的雪山

梦想奔流入海

可暖阳匆匆

无暇眷顾

再遇就是明年

经了多少风霜嘲弄

山鬓早已斑白不堪

漂泊了春秋,辗转了冬夏

明月晓星送来微光

山峦依然冰冷

等到乌云散去

雪山一把拥暖阳入怀

映红了咸水湖

那是想她时流的泪

磁石

2017 年 10 月 14 日

一块磁石，命运拦腰斩落

切面相斥，隔南与北的绝望

奋力才能重新触摸

新吸附了铁，硌得生疼

断面蒙上哀伤

磁场是最后牵挂

光阴侵蚀，北渐渐暗淡

南拼命留住原初模样

迷了方向的南北

谁也不知道

只需要一次同时转身

就能紧紧拥抱

——写给天下有情人

横渡乌江

2017 年 10 月 29 日

爱你,是一次自不量力

喉咙这座加工厂有些破旧了

总产出残次的哀嚎

寒风凛冽,岁月皱成一团

无奈在呼啸中爆发

把心窗震得粉碎

忽然,想让你坐上肩头

霸王般挺起腰身

把乌江横渡

别开自刎的玩笑

江东父老,我不在乎

楚戟折在棺木边

谁又能替我圆了誓言

屋子

2020年3月19日

我曾叩开一间屋子的门
见到那间屋子的光
满心欢喜地拎来希望
洒扫,改造,装潢

直到有一天
屋子又回到原样
我关上了门
不再看见那束光

静静坐在屋口
等到里面传来声响
站起身,收起微笑
回到了故乡

廉价的自由

2019 年 8 月 3 日

又多了一行凄凉的文字

风吹过,没有一片叶子会挽留

自由,从来拒收我的担忧

焦虑只碾碎了容器

承诺更成了一张废纸

我向旁人递过一根回忆

一阵辛酸随风而去

雪未停

2018 年 1 月 24 日初雪

迎着风去邂逅雪花

如同和幸福撞了满怀

睫毛缝中能梦见尽头的你

对雪的痴恋就像遍地白纸

静候十根画笔点砌

欣然目睹,拥吻的水蒸气

雪的想念把世界模糊了一公里

遮住能见却难见的谎言

雪未停,观雪人把自己关进窗内

精灵总在通红的指间睡下

安静的躯壳暂时忘却了飞舞

只为使我记住,难逃冰冷的陪伴

晚安

2017 年 11 月 6 日

晚安是一句永别

目送昨日烦恼离开

所有枯竭,宁静中涅槃

晚安,有时会迟到

当你闭上两扇门

我的世界才步入黑夜

传说,若同时入睡

会共享一个梦境

梦,打印内心万种幻想

白日短得令人窒息

陪伴,总是败给口中深情

夜重塑珍贵瞬间

早安,梦里已爱千年

轨道

2017年8月4日

总感觉,脚下铺着轨道
尽头是清晰光亮

天边一抹白冲出童话书
撒旦折断了天使羽翼
鲜红淋透了云彩

命运钳工更改方向
我全力飞驰
忘却了同世界摩擦的艰辛

背后厢载呵护与慰藉
就算只剩一个车轮
我也一定会驶到你身旁

屋中

2017 年 7 月 18 日

那日叩响你的屋门

额头上停着雪

捻些细细品

原来是打碎的冰心

你说,感情如一个屋子

走进容易走出难

门关了,就别想外出透气

你忘了吗,门外有未知黑暗

门里有你,和灵魂脚印

它总是先我一步

屋内旷野如画,碧海星空

曾经环游世界的梦

原来就是读懂屋中的你

去看你

2020 年 2 月 13 日

都说高铁可以看风景

可我此行为了看你

心里的风景,比窗外沿途

只是美了一个四季

都说飞机可以看云海

可我此行为了看你

心里的卷舒,比窗外波澜

不过多了整个潮汐

一辈子在眼前疾驰而过

票据堆叠起高高的生活

这趟旅程的幸运在于

我不曾漫无目的

我此行有你

身边的景便真成了景

你此生有我

心里的景便真成了景

人海里的对话

2020 年 4 月 17 日

最美的模样由仰慕者编码

心上人签收最坏的揣测

谁能亲手剥去我坚硬的壳

在最美好的夸奖里一无所获

运气受委托,去邀请对的人

它尽心尽责,却失误连连

雨能锈蚀心境,冲刷星夜浩瀚

皮囊湿润,将有趣冲淡

书信时代,修补幸福是常事

今天的成长零件,要用痛苦来交换

你骑着悲观来到这世间

盯着笃信的真相,快马加鞭

你还会爱很多人，就像世事难预料

无人愿意说，没人愿意听

人海里，两个孤傲灵魂的对话

打破固若金汤，去告慰你

生活 / 拼图

他们需要的难道是诗吗?
不,他们只是需要诗一样的生活
有些故事,他们宁可从未发生过
待到和别人说起,已是云淡风轻
温故一遍痛苦,哪怕心里无数次嘀咕
也有人不愿再次起程
最初的诗,妄图留住生活的甜美
当苦的浓度渐深,便成了记忆的容器
当有了远方、生死、醒悟
生活便换了一个模样
文字不再作茧自缚
或许只是一块饼干的碎片
让诗歌叨进自己的巢穴
这章节没有一个固定的主题
因为生活是流动的
更是活的

奇迹穿越

2017 年 11 月 6 日

沙尘暴肆虐

收割了一片枯萎病

他们死了，化为乌有的颗粒

留下，只是静候末日

阿波罗登月的"谎言"

埋葬无知饿殍

土星旁，异常扭曲的光线

科学是飞船唯一乘客

冲进未知虫洞

巨浪反常，击碎希望

冻星沟壑纵横，凝固了良知

数据不断带来牺牲

开拓者逃不脱牛顿第三定律

五维讲述着真理
时间是可以触摸的书架
电码输给父亲的执拗
赢回了爱与坚强

幽灵一直都在,指点着未来
重力方程解开了大地牢笼
能拯救人类的
其实,就是自己

——来自诺兰的电码

水乡夜

2017 年 8 月 24 日

红棉被盖住夕阳

帷幕落下,灯光师下了班

家禽演唱会缺个主持

鹅因故缺席

虫鸣交响,水声淙淙

草丛藏着莫扎特

波纹拽弯了五线谱

不见一个观众

却热闹非凡

兴许沉浸在繁衍的喜悦中

夜深,炊烟爬不动了

散步老人闭上眼

抚过大地琴键

从未弹错回家的曲儿

——致家乡

天使

2017 年 10 月 18 日

只有梦会长出翅膀

爸爸告诉小孩

璀璨星河，天使在那栖居

望远镜里也有甘梅

却止不住梦想

垂死的星划过夜空

拜托，再耀眼一次

捎一句问候也好

星辰寄来回信

却没有接走小孩

脸上，多了珍惜唇印

小孩的手挥舞了千遍

我，会好好活着

出生那天

妈妈成了天使

——源自英文歌 *An Angel*

风 [①]

2016 年 11 月

风

带来冲动

春日冷风伴随淅沥雨滴

冲动着

打碎了冬日的羁绊

唤醒了夏日的热情

夏日微风仰望似火骄阳

冲动着

蓬勃了春日的生机

激起了秋日的丰收

秋日烈风卷集纷纷落叶

冲动着

---

① 此篇权且称为处女作。

掀翻了夏日的压抑

构筑了冬日的肃杀

冬日寒风夹杂刺骨冰霜

冲动着

封印了秋日的慵懒

磨练了春日的萌芽

起风了

从未停下的，是风的足迹

风所顾盼的地方

便是脚下这片广阔的土地

风所涤荡的地方

便是我们年轻冲动的灵魂

鸽

2020 年 11 月 27 日

它们或许自由

却一无所有

冬日里失明的鸽

辨不清天空的颜色

在一片草地上蜷缩

挨着心中的饿

多数行人的目光太高

略过它卑微的无助

受惊于一阵过重脚步

歪斜着,撞上慈祥的树

这片森林兴许能疗愈孤独

却难以清理眼前痛苦

除了比天空更高的爱心

病毒光顾之处没有无辜

比任何人都坚强
黑暗也不能使它屈服
免疫会敲门，只要忍住
阴云散去，它会谅解万物

天籁

2018 年 2 月 28 日

文化总爱囚禁那不通自己的访客

越狱的,我把她叫做音乐

偶然忘了加入语言

也全然不影响我感知一切

过去总爱发掘初春的笋地

片刻停留,不觉间就走累了

后来建起棚屋庭院

也拜托老农弹奏出天籁

轻盈或狂放都顺时而动

抚平或唤醒只随自己

爱词的境遇者早忘了曲调

而自然,却是无文绝唱

我把人声、乐器扔进纸篓

听见小鹿舔食溪流

听见成群江豚染红亚马逊

听见汪洋暗流中巨鲸唤出世界

当我与西非老妪一同眺望

这黑夜、绿眼不必惊叹

草原血腥的风把病痛吹成骨架

嘶鸣钻进生命的耳蜗

当我窥见雪狐的窖藏

窸窸窣窣，忙挂上眼帘

淡去尾音的空灵归于静默

我听见自己入睡的鼻息

生活拼图（组诗）

（一）

这一生，我享受了太多无法书写的

美好，大多是说不出口的

比起读懂我，更好的方式是

读懂一句你好，读懂一句再见

（二）

当悲伤缠住浮球

心就像那艘蓝色小船

进也不得，退也不得

（三）

如果恋爱是一场求生

为什么要深涉险境

如果爱是一行代码

我该如何运行一生

(四)

我眺望天边的云,也想起你

一千个日子,云有一千个样子

每一次,都让我欣喜

(五)

别吃棒棒糖了

棒棒糖是给小孩子吃的

小孩子是给糖吃的

你看他们的牙齿

都不剩多少了

(六)

我今天踩了地球好多下

他却依然把我捧过头顶

(七)

万万没想到,你随春风一起去了

潜心的音乐人啊,像一场雨

轻轻落下,滋润万物

又目送你,拥抱天晴

（八）

有些人还没来得及关注

病魔已经杜撰了降书

最后听一次世界的祝福

踏上生命的归途

（九）

枫叶与风商谈，订立入冬的协议

来年的新芽向深秋的标兵敬礼

古老的自然法，带走了斯坦·李

未来还有好多待说的故事惊奇

（十）

如果我是一摊水

我就要在炽热中蒸腾

变成一朵洁白，环游世界

当我想家时，就再亲吻大地

虚构的艺术

2019 年 5 月 16 日

坐在我对面的那个女孩,她不曾抬起头
我小心翼翼地把一部分目光放在她身上
我怕一旦聚焦,炽热感会融化寂静
我怕一旦移开,白鸽会突然飞走

我在脑海里迅速地搜索,质问
你是否具有这种资格?不,我没有
每一次注视都践踏了围墙
连局促,都是对另一个人的背叛

那么,我是否应该不注视任何人
我的大多数时间都在行走
打量着过往的客人
这活像一条有罪的路

为什么不吃醋?我盯着明星的面庞

许久，许久，我挑明我很想娶她
我依然获得了允许，深知这种宽容
只给无限接近于零的癞蛤蟆想法

至于天鹅，可能天空给予了更多选择
那时，或许盯着明星也是不被允许的吧
可又被互相允许亲吻某个人，在戏中
甚至去影院，笑着欣赏一场背叛

既然为了艺术可以暂时抛开礼法
那么艺术是不是太大胆了？
还是说艺术早已获悉了注视的本质
只是一场对纯粹美的批判

我相信，艺术家曾无数次责问过人间
那些裸露的，狂野的，无所遮拦的作品
现在竟然也要打上马赛克，面世
给残破的艺术增添一份破碎

在最原始的艺术里，最多的是生殖崇拜
远古的人类，赋予了自己的躯体意义

同时也赋予了全部图腾意义

现在我们还得继续画裸体

培养新的艺术家

有些艺术家不画裸体,却害自己染上恶疾

我说的可不是什么相思病,而是真正的恶疾

在某个大师横行的年代肆虐,后来

科学治愈了恶疾,也降低了大师的出生率

艺术说,自己是培植于人性之上的

若是粪土里长出来的还是粪土

又算哪门子可供肯定的艺术

尤其是那些光鲜亮丽的大师

终究会扯下面具

不知从何时起,艺术家就被烙上了金印

有了这种凭证,才能自由出入殿堂

若是没有,就一直是门外汉

那我宁肯永远不被命运扼住咽喉

有些人说再多洁身自好的话,都踏足其中

而我敬佩的,是那些真正的艺术家

那些没有被原始人性左右的大师

不管是深耕于哪个艺术领域

其远播的美名中,未曾掺杂一个差评

我的诗还没写完,那个女孩已经起身走了

真是可惜,她没有机会再读到上文

甚至,再也读不到我的眼神

再读不到一门虚构的艺术

一场考试

2020年7月13日

一场考试需要标准答案

而一段人生不需要

行走的人们,互为参考

一页大题必须踩点给分

而一段人生不必

去享受,一路的惊喜

一道选择题有四个选项

而一段人生不止

最珍贵的,从来是多选

一张试卷有时间限制

而一段人生很长

除了陪你的时光

新的星宿之期

2018 年 3 月 19 日

大师埋怨我将把生活写尽

迟迟没有去向他们讨教

泰斗们与世长辞如汹涌的潮水

我想他们终于解脱,留我在这里困苦

那个把乡愁写进心底的"江南人"

把五彩笔封存在往日的璀璨

那个让赫本静候了四十年的时尚巨擘

又不知裁剪了几件新衣

那离开轮椅的旅人正穿梭在时空虫洞

上帝的骰子,任性地掷了百年

期待你解出"多元宇宙"的奥秘

教人类面对,你预言里悲剧的终章

那狂士谢幕时永远收起了利剑

一封告别信，与这世间再次会面

诗魔去寻找葬地，远方的一片灰烬

从此埋藏双子星对家的眷恋

他们无一例外，都从事过幼时的梦想

循着来时的路把自己做到了极致

梦的交汇区，不过是这时代的前进

一颗星星回去了，该流泪吗

他们都走了，天空好像暗了些

他们猜想，还会有比自己更亮的星

空前绝后，其实是对后生的鼓励

一颗星星降临了，该欣喜吗

八宝山的泉枯了，西花厅却仍怒放海棠

骨灰融入了万物，棺木只能盖住过去

从小仰慕的，被病魔抚上双眼

还有正凿开天窗的，年轻的一代

那年，艾青随大堰河埋进了土里

他说，要寻找一个合适的月份见证

微笑着，期待一个新的星宿诞生

　　　　　　　　——写在巨擘们辞世之际

时代 / 献礼

当清脆的歌声在祖国的心房响起
当足够数量的飞机从上空飞去
当我的国迎来盛大的周年
当我的党庆祝伟大的生日
满心的祝福,人民的献礼
都在那一刻绽放
而那并非绽放的起点
起点在街角,在红旗飘扬
在大国重器亮相,在千年飞天梦圆
在大考中每个奋不顾身的身影
在每一束目光聚焦的变化
在你我身旁闪耀
向这个时代致意的方式太多
我希望能选择,于之益处最大的一种
始于诗歌,不止于诗歌
愿此节为压轴出场
续写青春的华章

我终于走到新时代门前

2019年2月4日

数百年前的枇杷,从来不结果只开花
旧春联难揭,又糊上一层幸福人家
大门紧锁,维持两扇将朽的繁华
厚重的粉刷,底层支撑得有些疲乏

几个外乡人感叹,太慢了这里的生活
梳头的婆婆,不想看见那些纷飞战火
低矮的红砖土墙也妄想挡住敌国
这条界线曾被坦克不屑地碾过

门前卧着的绣花小鞋,怎么晒也填着苦
一把冤莸,扫不尽世袭罔替的尘土
一窗雕花无法防弹,满园凋零任人扼腕
该如何抚慰,困于盛世回忆中的倾危

砖缝间恍惚透过一线冬日的曙光

就像南昌的那声枪响，子弹占领了广场

红旗飘过的地方，连皮带也变成余粮

信念才是这世间最稳固的友邦

七十年前，那襁褓中传出熟悉的哭闹

好奇，盯着大人轰鸣而过的欢笑

一句湖南乡音为陈旧的门贴上封条

这是半个地球翘首期待的句号

傲慢的人沉寂了，或是与我们和解

一股命运的绳从华夏拧向世界

仓皇逃窜的岁月，压在箱底警醒后人

这片大地，注定容不下积恶与贫困

当土壤终于正视了自己曾经的黑暗

才会生发更多，让人类折服的惊叹

不止高铁，这古老文明施着黄种人的倔强

母亲的胸膛里，有十四亿跳动的心脏

司辰官啼鸣,是伟大征程的号角先驱

大门敞开,新时代将我迎了进去

——致敬祖国70周年华诞

战马

2019年2月24日

将军只有我这一匹马

我驮着他的荣辱

那时马厩里的弟兄多

他们也不比我慢

可我运气最好

也跑得最远

仗打了一场又一场

弟兄们就在人堆中跪下

背上有将军,眼里有泪光

就在嘶鸣中道别青春

仗打了一场又一场

将军也老了,腰被功勋压弯

跑得太远,能说话的朋友也没了

就在孤独中梦回那片沙场

兄弟们曾经的简单理想

不过一面赤红的旗

闭上眼，我分明瞥见金光里

弟兄无悔的笑容

——致那面赤红的旗

青马,奔腾在井冈山间

2019 年 5 月 11 日

进山的路曲折

正如井冈山的胜利

诞生于艰苦和困厄

从前有位伟大的

民主主义革命者

也提倡过合作

可果实,被侵吞了

两次腥风血雨

勾结合流的白色恐怖

迫害了数十万党员群众

却埋不住红色摇篮

八七会议后,拒绝大城市邀请

特派员走上新的征途

红军之父手里捏着革命火种

等待与初心会师

一首西江月的霹雳

秋收时节遍插灿红的旗

在文家市卢德铭投票前

还未抵达革命的关键

滂沱的雨，冲刷溃散的现实

悲观的逃，晃动混乱的组织

在矛盾和残余中彻底爆发

映照着三湾改编的伟大

委员开出绝对领导的良方

革命需要自愿的滋养

支部在连上，信仰在心上

丢了皮鞭，直了身板，赢了硬仗

放弃高薪的元帅

曲线救国的老总

梦想长期沐浴在考验

碾压躲过刺杀的封建

妥协是锋芒的剑鞘

人民是力量的干细胞

一根扁担能挑起信任

一罐食盐能喂养无私

就这样站立，塞回肠子

流再多血，流不干充盈的信仰

期待的岁月静好若是天堂

此刻就为华夏铺好复兴的桥梁

革命先烈的母亲啊，一定曾哭干了泪滴

刻下名字的英雄不过万余

无名的儿子们，为母亲战至最后一刻

又如何不让人热泪盈眶

湘赣边界，有可悲可泣的事迹

英烈碑前，重温入党的誓言

在薪火相传的肃穆中

找到青年马克思主义者的初心

——致青马班井冈山之行

青马人写给母亲的诗

2019年5月12日

一个思考已久的问题萦绕

若年复一年挖空了心思

将母亲节的祝福独特

是否一年难过一年？

这个命题似乎难倒过所有节日

可年年花相似，岁岁人已不同

对母亲的感恩，只会越来越真挚

文字浸润泪水，只是爱得深沉

偶然翻出一张老相片，注视着

不曾被孩童记住的幸福片段

当初牵在手里，现在攥在手里

一眨眼，就二十三年了啊

我的妈妈，没那么传统

她或许含辛茹苦,但并非任劳任怨
她鲜有临行密缝,但一向意恐迟归
她为我牺牲许多,但依旧热爱生活

我的妈妈,没那么传统
她曾手执吉他,素来擅长书法
而今进军绘画,几月就妙笔生花
环游世界,是她的退休计划

远行前,母亲的生活原本都是我
用百样的角色,陪我走过漫长岁月
那是三春晖也给不了寸草的爱
在被迫回忆之前,我会好好爱她

远行后,我生活里的母亲少了
电话那头,响着一次次惊喜的牵挂
母亲用心侍弄的鲜花,渐渐长大
我的脚下,走着母亲的天涯

我比那些诗人幸运的地方
跨越山河还可以抵达母亲身旁

我比那些诗人幸运的地方
是我有机会创造母亲百年的荣光

我能为妈妈做的,除了孝顺
就是一往无前的奋进
不负国家的召唤,与母亲的期待
活出一个让母亲骄傲的样子
一个让青马骄傲的样子

———写于井冈山度过的母亲节

七夕

2020 年 12 月 22 日

一个爱笑的姑娘曾说

等父老乡亲都脱贫了

一定轰轰烈烈爱一回

让乡亲们做证婚人

"你的信太过官方,都不说想我"

一生坚定的唯物主义者

也盼望着来生

呵护正确的唯一

他们早已爱过一生

并把自己的所有诚挚

永远托付给这土地

与可爱的人民

这一天忘了很多事

忘了昨天有多疲惫

忘了距离，忘了生气

唯独没有忘的，就是人民

活着总得有个盼头

而他们的盼头

就是漫山遍野

你如花的笑靥

——致敬黄文秀同志

你有几个故乡

2020 年 11 月 24 日

你说,你有一个故乡

给了你生命与茁壮

踏实的土地,熟悉的邻里

还有童年吆喝的回响

他说,他有两个故乡

一个常住心房,一个哺育梦想

一个目睹青涩转身走远

一个拥抱此生的羁绊与荣光

我说,我有无数个故乡

心属于山河,脚印迈过小康

祖国任何需要我的地方

就是我的故乡

——纪念我国 832 个贫困县全部摘帽

清晨·祖国

2021 年 3 月 30 日

电驴驮着外甥去上课
三轮带着婶子去进货
摩托扛着老舅去工作
清晨里风驰电掣

汽车许久没遇到堵塞
轻轨穿着新潮的颜色
地铁构建城市的骨骼
川流不息的生活

公交沿着熟悉的线路载客
高铁一遍遍游览山河
飞机在云端俯瞰祖国
续写满腔的成果

永远的青年

2021 年 7 月 1 日

南湖上一段荡漾的初生

赤红船舱,十三双目光

用一首悠扬百年的国际歌

迎接改变中华的青年

朴素的愿景被现实碾碎

幼时的坎坷溢出了血泪

谈判桌不会自己向大义倾斜

以枪为针,方能弥合破碎的神州

推倒了大山,洒扫了门庭

驰援了近邻,守卫了边境

重拾了清醒,开放了心灵

才有了今朝可爱的风景

青年铭记人民的根系

敦促一切发展的硕果拥抱大地

青年怒斩腐烂的机体

践行自我革新的精神永葆先进

青年耳边总有民意

肩上担着万家的权益

青年脚下常沾春泥

脑海回响初心的低语

青年的初心擦拭了百年

使命践行了百年

足迹连成复兴的笔画

血液中流淌人民的期盼

百年大党仍将继续攻坚

朝着信仰照耀的灿烂明天

勇敢逐梦的中国共产党

便是那,永远的青年

——致敬中国共产党百年华诞

后记

爱诗,应当是一辈子的事吧。

文学怎么看待诗,不重要。

重要的是,我如何将它款待。

从困苦岁月里第一次吻上诗的额头,

到追梦路上不断盛开的诗句,

无数次害怕梦圆后的它们全都凋谢,

现实一再证明了我的多虑。

可以永远拥抱诗,这将是多幸运的事。

我想我拥有三支笔,想象力,敏锐的眼,共情的心。

一支为诗插上翅膀,一支让诗遍地开花,一支教诗浸润泪滴。

签下一份知情同意书,久久地端详昏迷不醒的自己,历数着幼稚的、轻狂的、逞能的瞬间,你或许觉得,那已是诗的沃土。

但,诗从来需要苦难长久的灌溉,才会有花骨朵,你梦想着满园飘香,可它们并不一定会绽放,激情与文思是最好的肥料，但也可能加速诗的衰老，它是脆弱的、稚嫩的，更是强健的、深沉的。

所以，诗一定是诗人所笃信的哲学的喉舌，它蕴藏着诗人生活的点滴，又浓缩了那些难以与人分享的孤独的思考，或许是一厢情愿的，或许是一往情深的，或许是一无所有的……从诞生起，它们就不再属于我，我赞同一千种哈姆雷特的幻想，也赞同对呕心沥血的珍视，但不管怎么说，穿越更多人的脑海，疾驰在时间长河，是一切文学作品的夙愿。

与诗相伴，尔来也有近 6 年了，6 年很短，不够一个人看遍江上的千帆，不够证明一句承诺的重量，不够成就一番惊天地的事业；6 年很长，足够看清一个美梦的结局，足够铺好一段任重道远的铁轨，足够让一份热爱变得滚烫。

是的，我并不是有意要邂逅诗，而是从那首直抒胸臆的短篇中，我看到了一个青年的未来，看到了一个青年挚爱的、天然的、奔放的思鸣，也看到了一条人迹罕至却定要踏足的路。

至于青马，那是全部突飞猛进的源泉，是坚韧信仰最深厚的根基，是终生事业的始发站，更是现在小伙伴们共同管理服务的金字塔尖，这两个字，比身在其中时有了更加特殊的意义，有一种青马的精神，值得我用一生去诠释与践行。

  今年是共青团的一百周年，也是母校的七十岁生日，在青年梦想成荫的彼岸，在这个灯光不灭的十号楼里，无比激动的我，写下了这篇后记，简单地洒扫了诗歌的故居，并借此感谢见证一切的爱我的你们，深情祝福所有正奋斗的青春，愿我们都有爱人一生相伴，愿我们都有信仰终生笃行！

2022 年 6 月